Contents

目錄

…密室就像一隻方舟，一直在海上漂流
…的沙灘上。小島上空無一人，他們只好
…上的水果維生，也不知道過了多少天，
…造了一個飛行器，希望大家可以用來飛
…。

但可惜飛行器的動力不足，…
出小島，到其他地方去！

在小島上待了一段時間，竟給大家發現了一艘漁船，在附近海上航行，他們利用簡森的短途飛行器飛到漁船上，終於順利逃出孤島了。

大家之後隨著漁船來到香港，發現地星人的科技已經一日千里，相比 70 年前的科技，可以說是日新月異！

上回提要：

雙子星人阿瞬遇上同樣來到地球的外星人羅網，原來他就是阿瞬和柏文柏武兩兄弟一直在找的羅森表弟。羅網說出他前來地球的原因及過去，更透露羅森的藏身地方，就是在一個「沒有直路的地鐵站」中，原來就是指荃灣。

他們一起來到荃灣，發現羅森在一幢新建的辦公室大樓，而且他已經準備了一台可以運作的「蟲洞開發機」。只要配合負能量之石便能夠讓人穿越時空，除了想回到過去的阿瞬外，也吸引了其他外星人注意，其中包括一直在追捕羅森的銀河捕快佐介。

為了逃避追捕，羅森安排了蠍子星人附在其他地球人身上，向佐介還擊。同時羅森偷取了X博士的負能量之石，用來啟動「蟲洞開發機」，最後他成功消失在蟲洞中。失望的阿瞬卻從佐介身上，知道了另一個消息，他的哥哥雙子星阿恆原來也在地球！

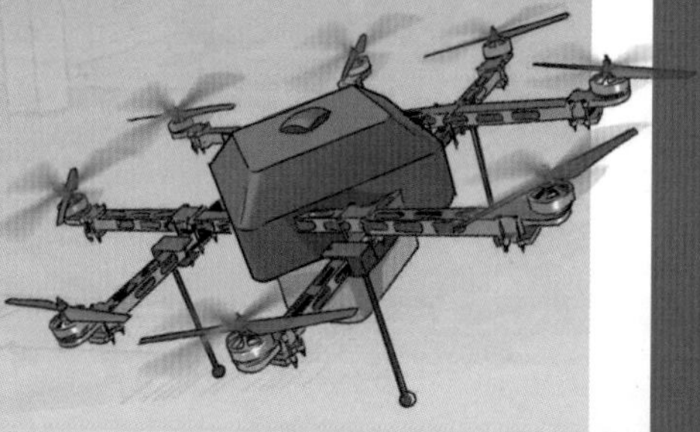

第一章　第十三個星座

柏文、柏武、和阿瞬在荃灣的辦公室大樓，與新認識的人馬座佐介，經歷了一場小型戰鬥。最後，羅森逃走了，阿瞬回到自己星球的願望再次落空，但卻獲得哥哥天武恆在地星的消息。佐介在大樓損耗了不少體力，所以也一同到研究所休息，而且也想把整件事情的來龍去脈，告訴給在場各人知道。

黃道 12 星座

白羊座、金牛座、雙子座、巨蟹座、獅子座、處女座、天秤座、天蠍座、射手座、摩羯座、水瓶座、雙魚座。

原來一切源於遠久的 12 星座形成。黃道之上，最初是有 12 個星座，但物換星移，在天蠍座與射手座之間竟然多了一個，祂就是**一蛇夫座**！

阿斯克便向星之女神，提出要求。
你好，女神殿下！
他提出將自己成為黃道十二宮之一。
星之女神
我覺得蛇夫應該成為黃道十二宮之一。
蛇夫座
天蠍座
人馬座
女神一看星宿圖，竟然發現蛇夫座的腳就在天蠍與人馬座之間。

女神心想，如果
變成了十三宮，
把黃道分成十三
份是不好分配。
女神想了一個
辦法！
就用這個
「星之公平杯」
吧！

於是女神製造了 13 個「**星之公平杯**」給 12 星座長老和阿斯克，並約他們來到酒會，討論公平分配星座的方法。

12 星座長老

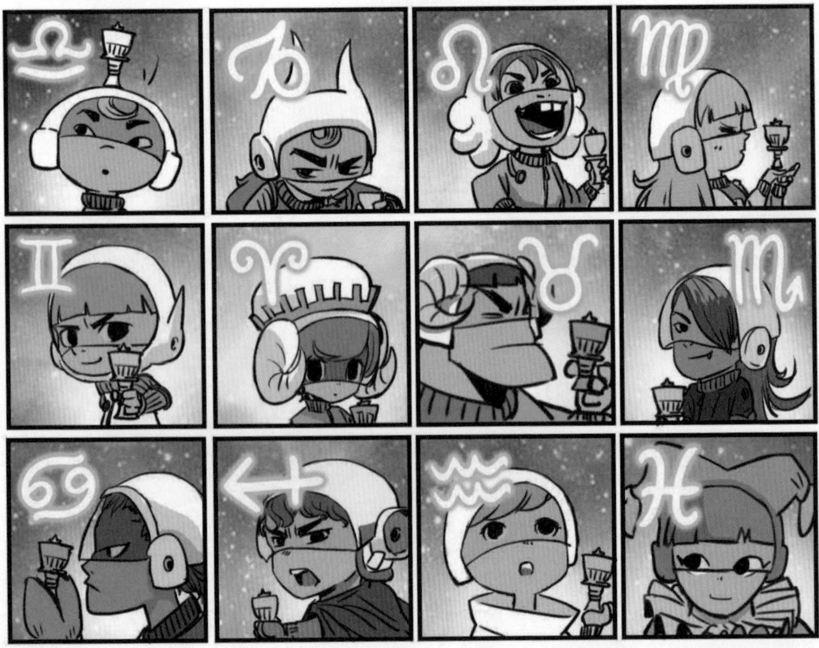

女神給現場 13 位長老各分一個「**星之公平杯**」，叫他們順序去女神石像下取酒。石像內的酒是足夠公平分給 13 位的，只要不超過公平公平線就可以！

如果女神石像最後倒出的酒，不足夠給 13 位的話，那就用最多酒在酒杯的 12 人作為黃道 12 宮吧！

蛇夫座阿斯克，現在本座就給你機會，看你們族群可不可以加入黃道星座了。

多謝女神殿下！

好吧，現在就是分酒時間。我們先以春分點為排行，第一位的白羊座先來分酒，之後是金牛座…… 如此類推 ……。

以白羊座為第一，那……1，2，3，4，5 …… 我蛇夫座是排第九了。哈哈，實在太好了，那麼我一定可以進入去黃道 12 宮啦。

很快就輪到阿斯克，他拿著公平杯，走到石像前分酒但阿斯克此時卻產生了一個自私的念頭。

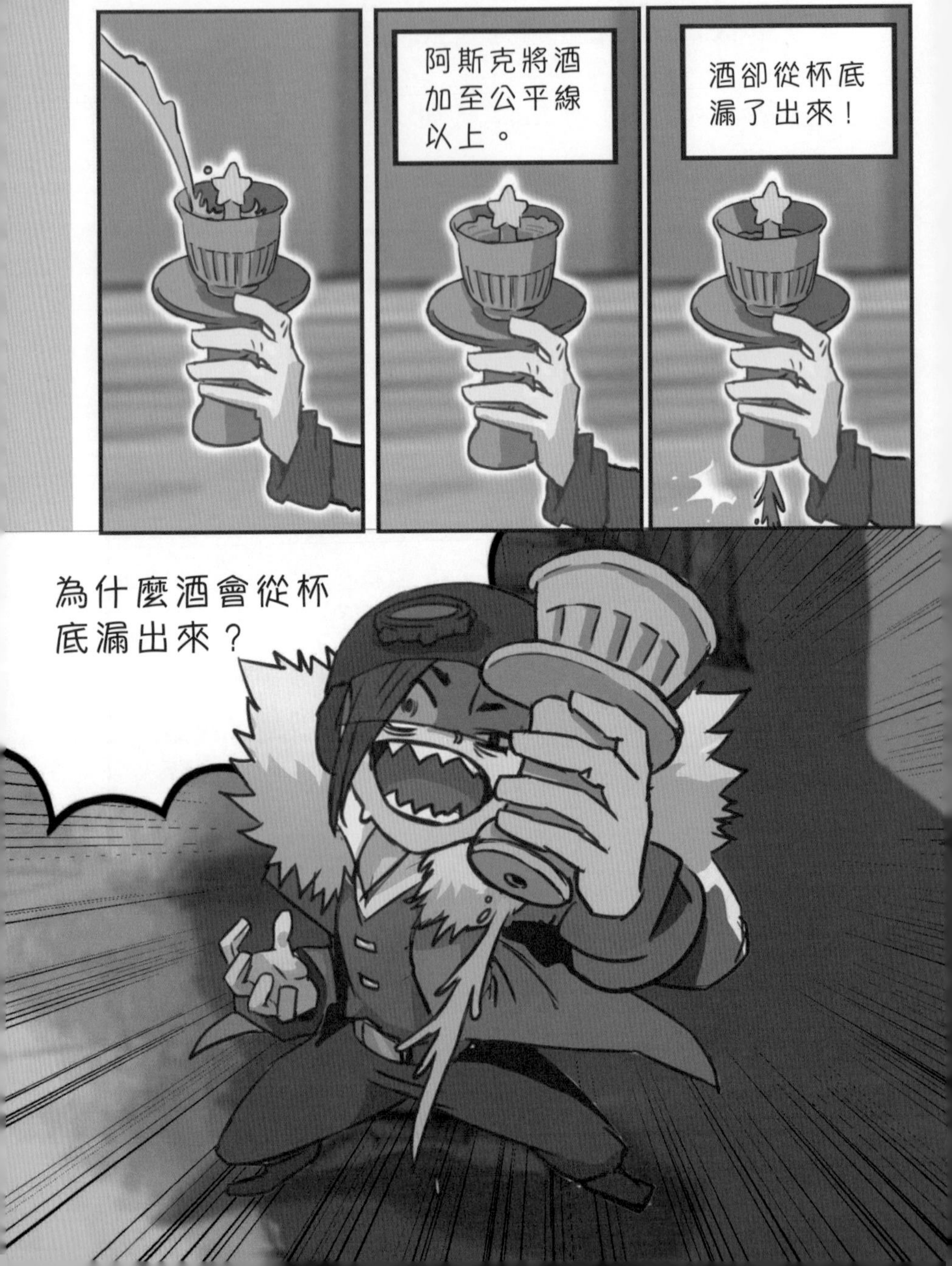
阿斯克將酒
加至公平線
以上。
酒卻從杯底
漏了出來！
為什麼酒會從杯
底漏出來？

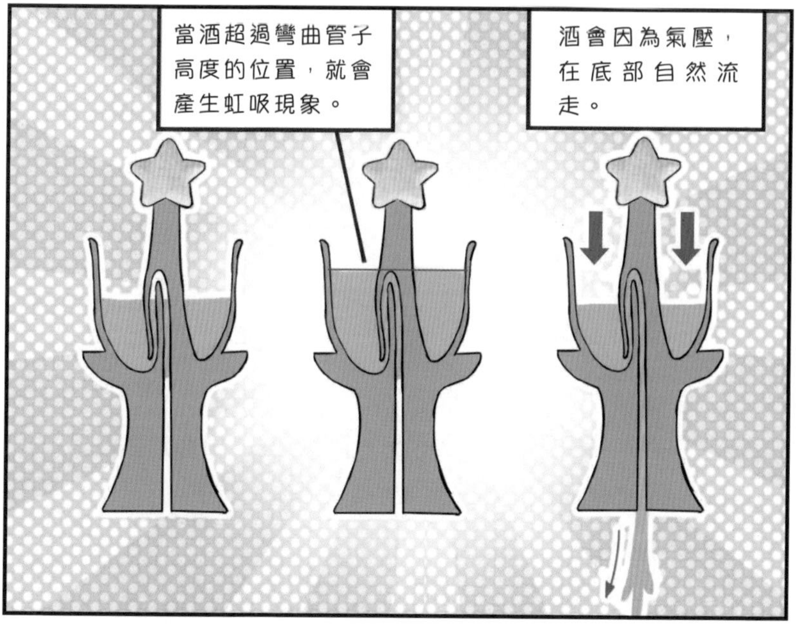

原來「公平杯」的命名是因為可以得到公平均分配而發明出來的，這也是一個 STEM 的原理。最後，因為蛇夫座阿斯克杯內的酒最少，所以**蛇夫座**沒有被女神列入到黃道 12 星座中！阿斯克將酒加至公平線上這時候，酒卻從杯底漏了出來！

為什麼酒會從杯底漏出來？

阿瞬：「人馬座佐介，你在說這個 13 星座和公平杯的故事，跟剛剛的是有什麼關係啊？」

佐介：「不用急，之後就是關於你哥哥天武恆和羅森的事了。」

這時候，X博士走進辦公室，手上拿著一個膠杯說道：「我手上就是人馬座佐介說的公平杯了，想不到如此簡單的一個 STEM 裝置，竟然可以影響到 12 星座的關係。」

STEM 公平杯

杯底部做一個孔
再插入飲管
找一個膠杯和飲管

內部飲管做彎
再剪去底的飲管

STEM 公平杯完成!!!

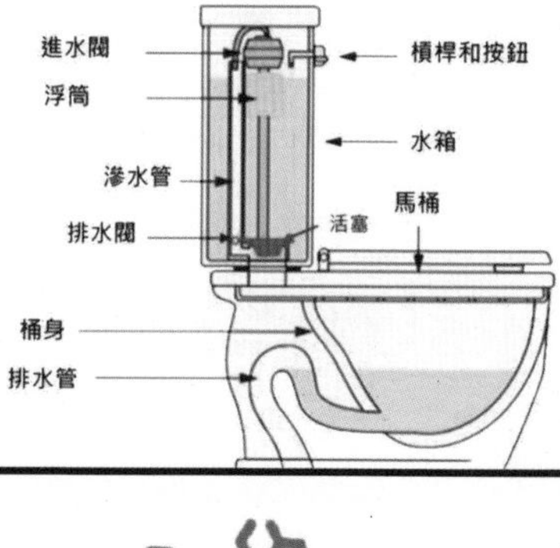

進水閥
浮筒
滲水管
排水閥
桶身
排水管
槓桿和按鈕
水箱
活塞
馬桶

其實我們日常用的馬桶
也是用上公平杯的吸虹
現象原理來沖水的!

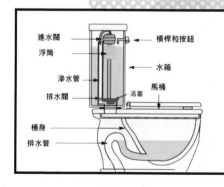

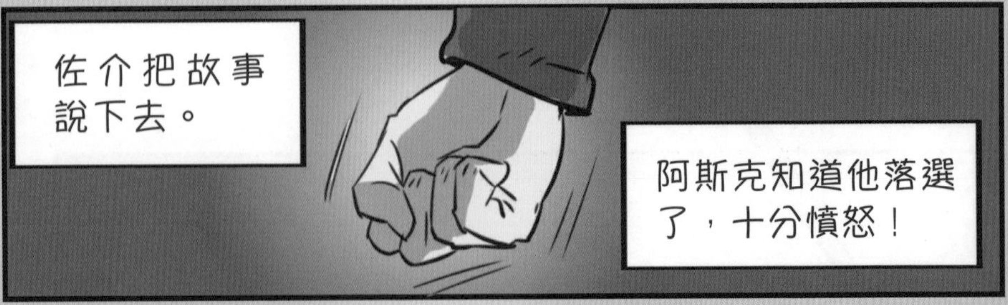
佐介把故事說下去。
阿斯克知道他落選了，十分憤怒！

巨人

他命令巨人攻擊星界，發
動一場星界大戰！

女神之後聯合12星座，將巨人擊敗！
巨人被困在獵戶座之內，阿斯克之後就消失了，相傳他亦被女神消滅了！

經過一萬二千年後，
大約回到一百年前……
他的名字再次在
星界出現了——
阿斯克二世

傳聞他復活過來後，組織一個
宇宙海盜集團橫行宇宙！

佐介說道：「據說蛇夫座阿斯克二世為了向女神報復，所以組織了宇宙海盜偷取宇宙間的寶物，來攻擊女神殿下！而宇宙海盜旗下的成員包括羅森和天武恆。羅森因為想蛇夫座阿斯克幫他將至親起死回生，但阿斯克卻給羅森開出了製造**時光機**的條件，可是，羅森一直未能製造成功，更因為逃避捕快的追捕而來到了地星。」

阿瞬：「哥哥也是宇宙海盜之一？」

佐介：「聽說阿恆本來也是宇宙捕快，他為了得到**強大**的力量，而變節成為宇宙海盜成員之一吧。」

阿瞬現在更想快點找到哥哥天武恆，向他問個明白。因為他深信雙子星人都是善良的。

第十三個星座與NASA

外媒報導，美國太空總署（NASA）確認了射手座（Sagittarius）和天蠍座（Scorpius）之間，還有個新的蛇夫座(Ophiuchus)。全新的「13 星座」讓過去「12 星座」劃分大洗牌。消息一出，令無數占星迷無所適從。

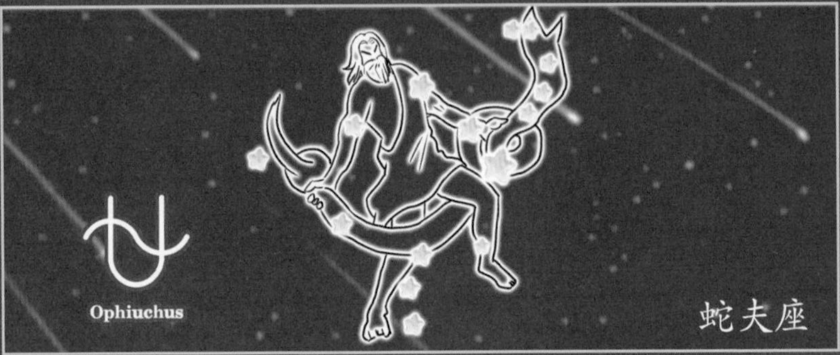

最早披露「13 星座」的文章是 2020 年初 NASA 官網上一篇寫給兒童閱讀的科普文，題為《星座與曆法》(Constellations and the Calendar)。文章開頭即寫道,「占星術不是天文學」，因為大家習慣的「12 星座」是人為劃分，但沒有辦法證明占星能預測未來,亦無法從生日斷定人格特質。NASA 說，許多人沉醉於星座運勢和預測，其實就像是閱讀著科幻想故事。文章提到，地球軸心並非長期指同一方向，現今星座對應的日期和 3000 年前不同,加上每個星座的大小和形狀不一，對應時間該是長短不一，如處女座該佔 45 天，天蠍座只有 7 天。

1928年，一場由國際天文學聯合會舉辦的會議上，確認了蛇夫座也通過黃道，星座日期為12月1日至12月19日，夾在射手及天蠍之間。不過在傳統占星學的領域中，仍以黃道通過十二個星座為主，並未採納蛇夫宮。

NASA — Constellations and the Calendar
星座與曆法

STEM

第二章　會飛的蛇

柏文和柏武在X博士的研究所，聽著人馬座佐介説**蛇夫座**跟羅森的故事，才發覺事情比他們所預計的複雜得多。

佐介：「我相信天武恆或蛇夫星人會再來爭奪負能量之石，因為它有著神奇力量，而且蛇夫座長老一直也想擁有它。只是X博士看來已經用光了負能量之石吧？」

X博士：「放心，我還有少量在這個保管箱中。我相信是當年羅森來地球時，從撞毀的飛船散落到地球不同地方，而部份就給我僥倖地找到啦！」

負能量之石保管箱

蛇夫星
奧德修斯

當大家高談闊論的時候，研究所地底一直有一個神秘人在監視著他們。他就是人稱「**萬能動物醫生**」的蛇夫星 — 奧德修斯！

奧德修斯細語道：「想不到那個地星人仍然保留負能量之石，那我可不客氣了！ 我一直隱藏在地底，就是要監測你們，想不到羅森竟然會背叛阿斯克大人，私下用時光機穿越！負能量之石是我們星系的寶物，怎可能落入地星人手上？」

奧德修斯旁邊有一條蛇，他輕輕摸了一下蛇的頭部，說：「今次靠你了！」大蛇看似明白奧德修斯的意思，輕輕點頭。

STEM
就是我手上這個箱了！
大蛇無聲地從地底沿着喉管潛入到研究所內……
STEM
並附在天花板的喉管上。

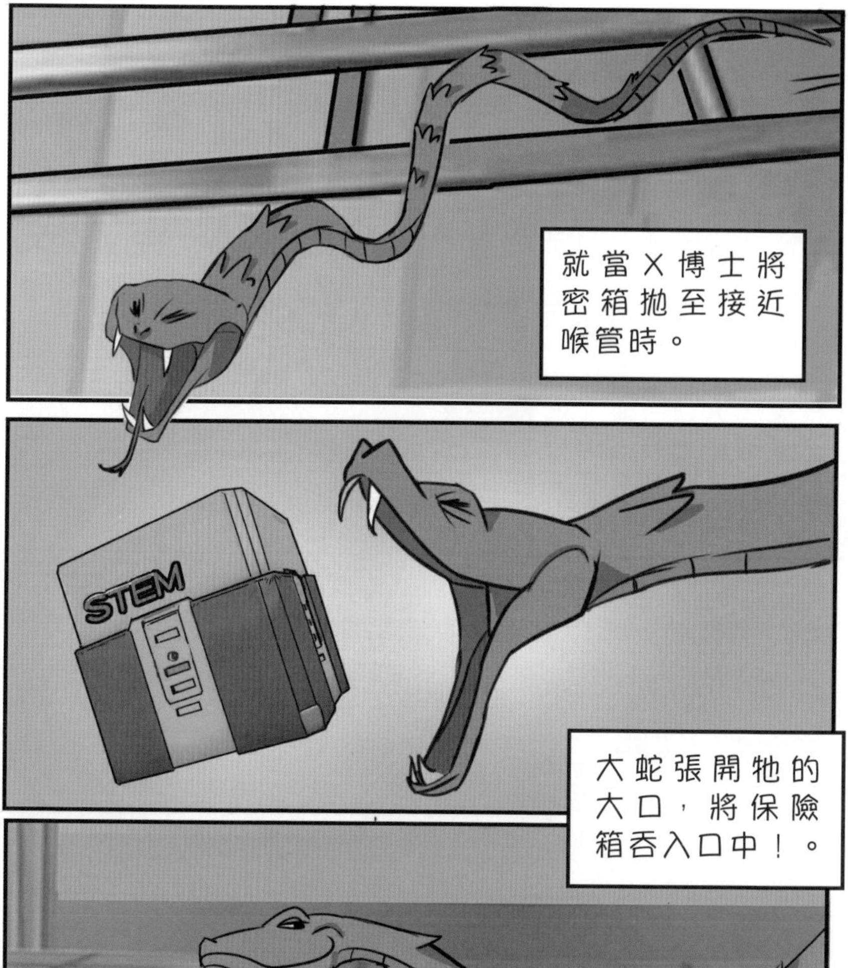
就當X博士將密箱拋至接近喉管時。
STEM
大蛇張開牠的大口，將保險箱吞入口中！。

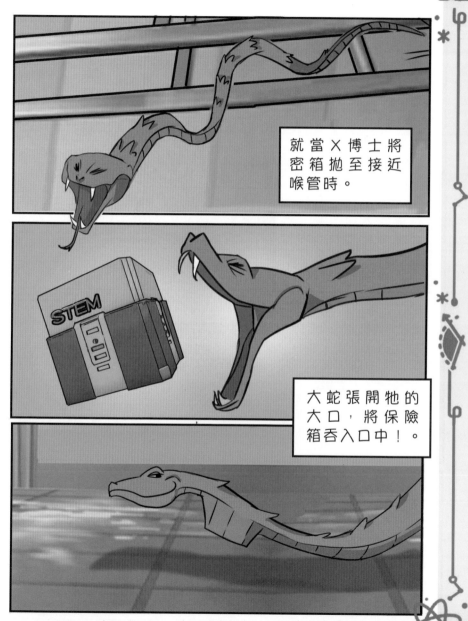

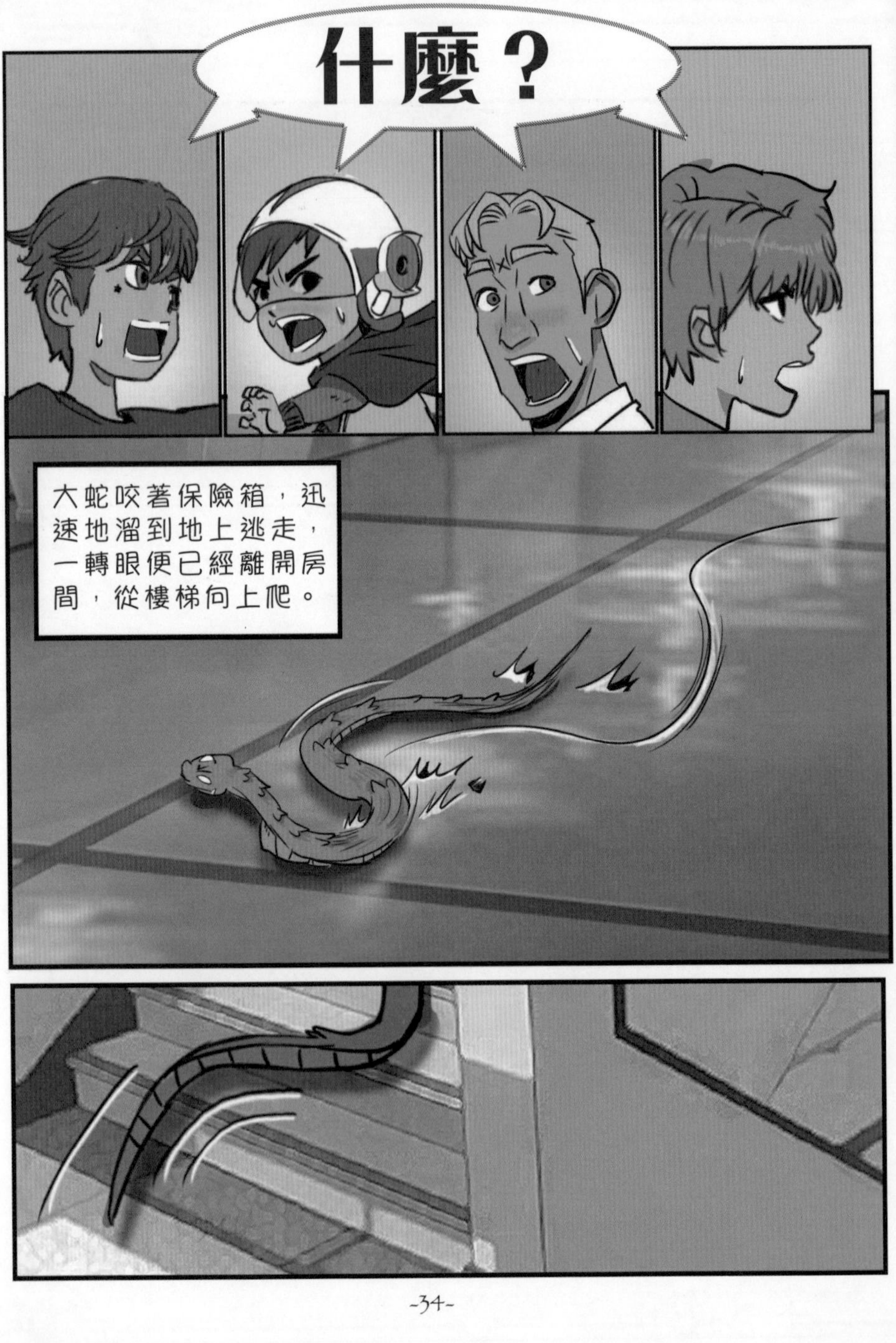
什麼？
大蛇咬著保險箱，迅速地溜到地上逃走，一轉眼便已經離開房間，從樓梯向上爬。

大家對於X博士的研究所內，出現了一條大蛇，並偷走載有負能量之石的密箱，都覺得十分驚訝！佐介還未回個神來，說：「竟然出現了蛇？莫非是蛇夫星的人來了嗎？」

X博士慢慢地打開了他的手提電腦，冷靜地說：「大家不用擔心！我在保險箱上裝置了跟蹤器，那條蛇逃不出研究所的。大蛇仍在研究所內，現在我先用電腦將研究所的門和窗全部關上。」

X博士雙手在電腦鍵盤上敲了幾下，警鐘便響起來了，然後「啪啪」兩聲，就聽到大門和窗關起來的聲音！

X博士隨隨說道：「除了一個地方，大蛇已經不可能走出研究所了！」

柏文和柏武聽出了重點：「除了什麼地方？」

X博士簡單地回答：「那地方是天台。因為那地方仍未裝上自動裝置！不過……」

柏文想起保險箱突然給大蛇偷走，開始慌張起來。他追問道：「不過什麼？」X博士接著說：「除非大蛇會飛，不然也逃不出此研究所！」大家看著電腦顯示屏，大蛇仍在下層，看似找不到出路。突然……

大蛇現在向上走…
大蛇沿著樓梯爬…
大蛇走向天台位置…

我們現在馬上到天台，捉回那條大蛇吧！
X 研究所

我們快點上天台！
我們來了！
大蛇果然就在天台上。

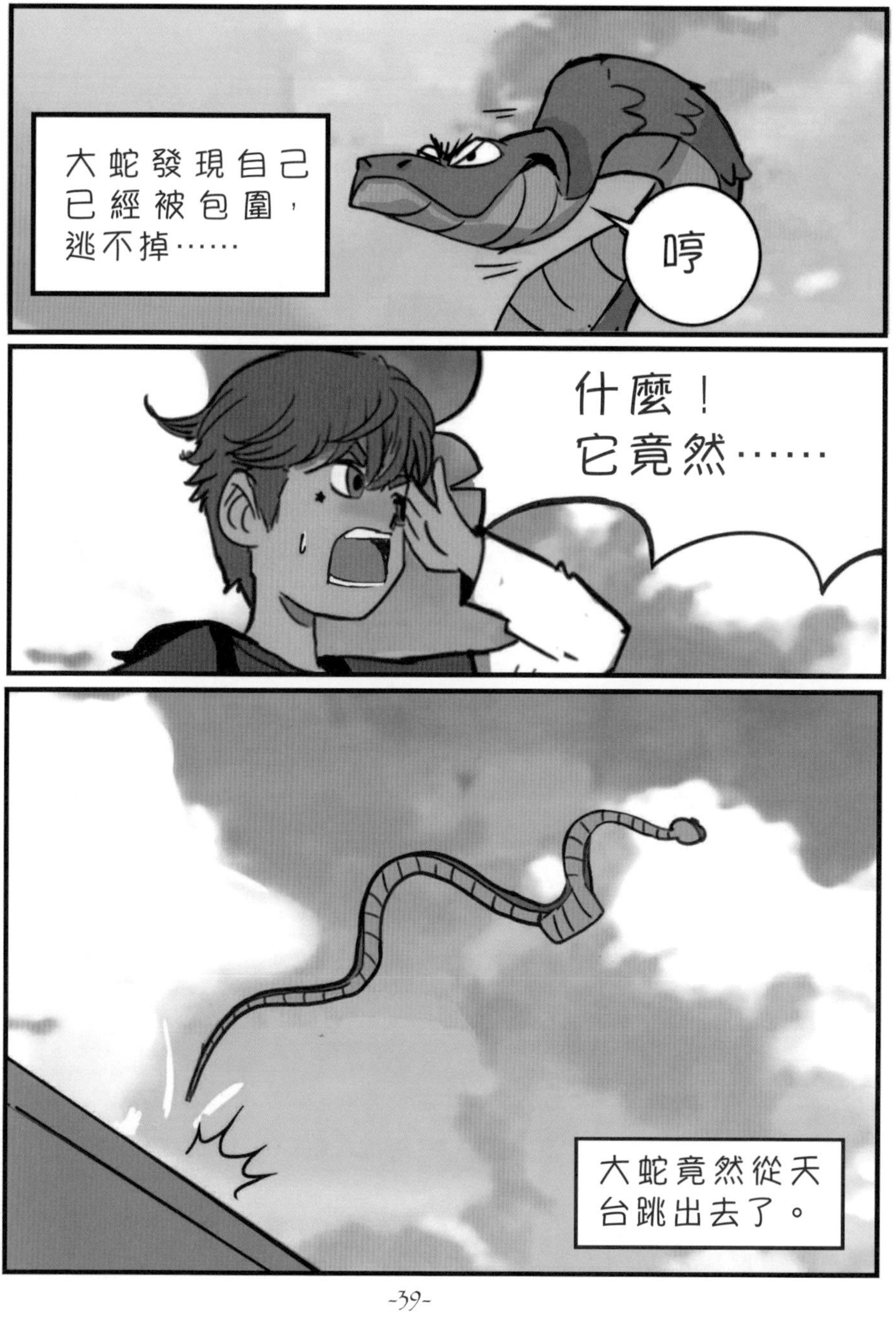
大蛇發現自己已經被包圍，逃不掉……
哼
什麼！它竟然……
大蛇竟然從天台跳出去了。

大蛇竟然就從天台跳下了去了！在這個十多層的大廈往下跳，必定是會粉身碎骨的。但奇怪的事出現了，大蛇沒有直墜向下，而是滑翔在空中，就像是在空中飛翔一樣！

這是一條會飛的蛇啊！

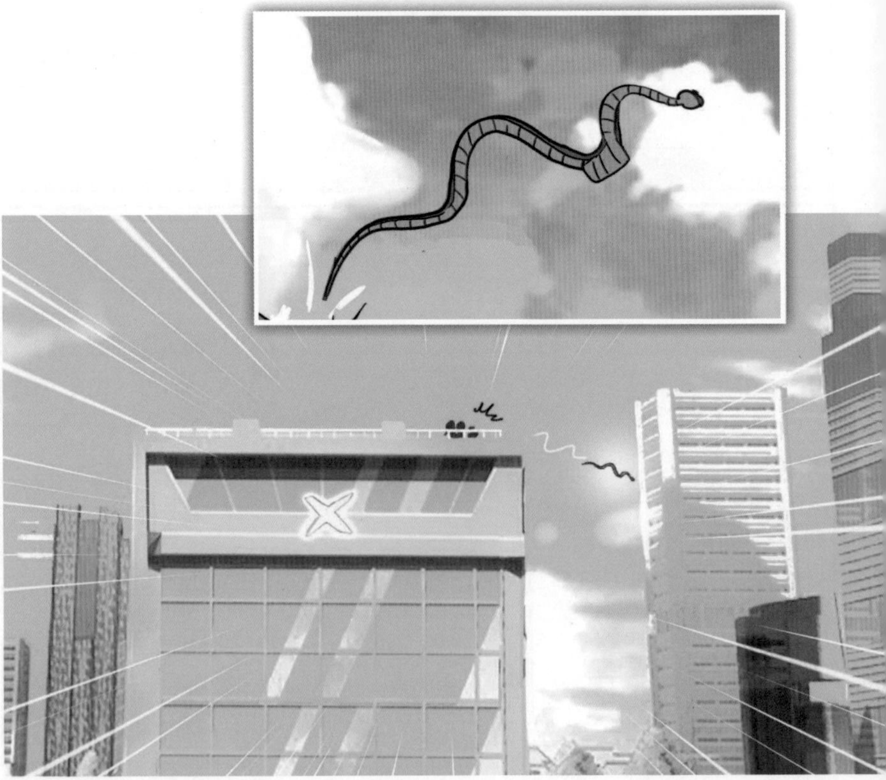

X博士看見了此情況，稍稍停頓後再說：「原來是這樣子嗎？東南亞樹林中有一種天堂樹蛇，是可以在空中滑翔。飛蛇能夠讓身體呈扁平狀，還會在飛行中扭動身體改變飛行方向。我相信眼前的就是天堂樹蛇了。」

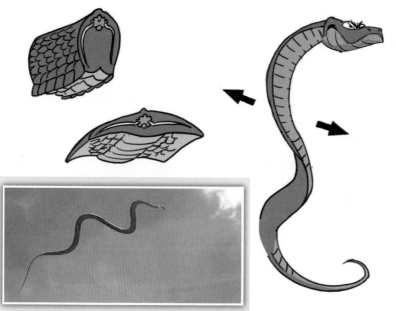

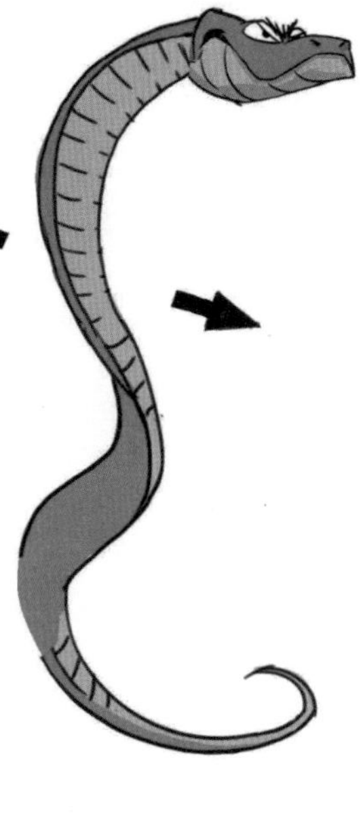

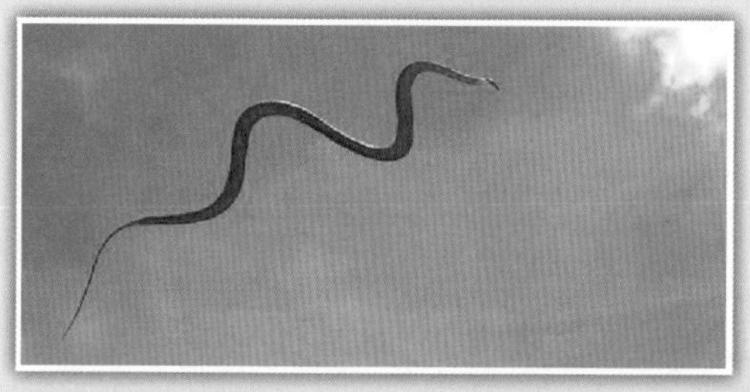

飛蛇是怎樣飛？

這種會飛的蛇在東南亞叢林非常普遍，他們也被稱作「樹蛇」，身長大約 1 米，飛行距離最遠可達 100 米。他們「飛」的時候身體會不停扭動，呈現出 S 形狀，然後身體隨著風而變得扁平，藉此保持身體平衡在樹林間穿梭。其實樹蛇的動作是滑翔，而不是飛，所以稱為「會滑翔的蛇」更恰當呢！

柏文和柏武呆呆地站著，又再問道：「那現在我們怎麼辦？我們就這樣看著那條大蛇將密箱拿走了嗎？」

X博士從口袋裡拿出手提電話，原來是打給研究所內的研究生：「剛剛大蛇從天台上飛下來，應該是天堂樹蛇，相信牠落到地面仍然需要一段時間，我們就實行 Plan-B 吧。」柏文問道：「什麼是 Plan-B？」X博士滿有信心地說：「你們現在望向樓下，一會兒就會知道的了。」

柏文、柏武、阿瞬和佐介從天台往下看，他們發現研究生已經準備了一個用膠樽做出來的火箭，火箭放在地上，研究生在準備倒數……

轟轟轟！
焦
去吧！
什麼？
嗚嗚嗚！

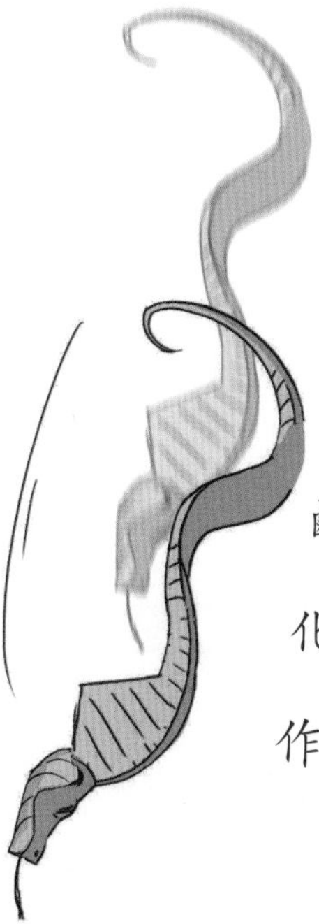

對 **STEM** 有豐富認識的柏文馬上說出原理：「那是利用酸鹼加小蘇打，來混合產生的二氧化碳火箭！這就是讓二氧化碳來作動力，很利害啊！」

大蛇被火箭擊中，隨即掉下來，看似是暈倒了。

牠軟軟地攤在地上，柏文柏武卻發現不遠處的草叢中，有一個細小的小矮人在偷看著。那小矮人手上突然**發出光芒**，並向大蛇照去，動作就像是之前阿瞬在研究所，救醒雪兒時的動作一模一樣！

大蛇竟然真的給小矮人喚醒了，就像是被治癒了一樣，然後他們一同走回旁邊的草叢，逃入地洞逃去。

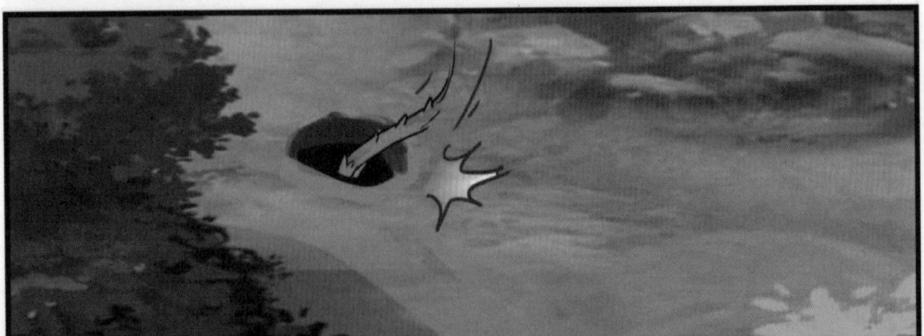

STEM 酸鹼火箭制作

此制作屬於化學性質，有危險性制作需要家長陪同，和做足保護設施，如護目鏡和手套，火箭發射時也需在室外環境進行。

需求材料

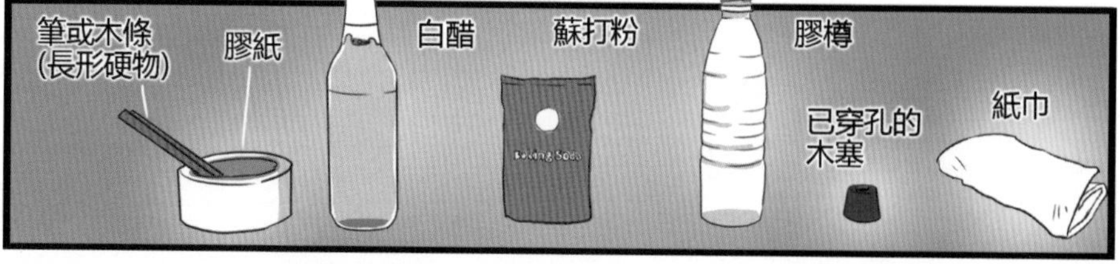
筆或木條
(長形硬物)
膠紙
白醋
蘇打粉
膠樽
已穿孔的
木塞
紙巾

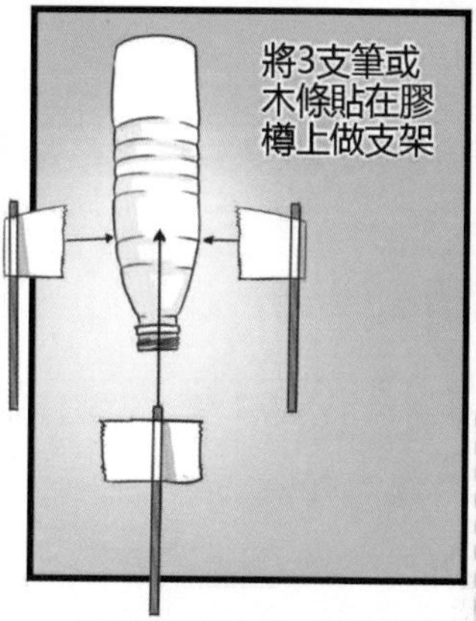
將3支筆或
木條貼在膠
樽上做支架

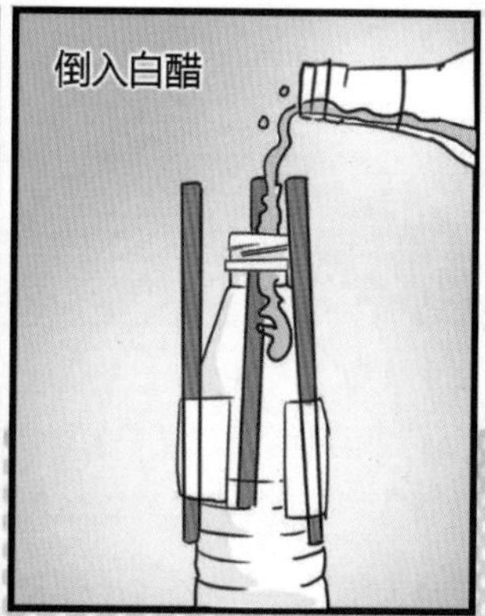
倒入白醋

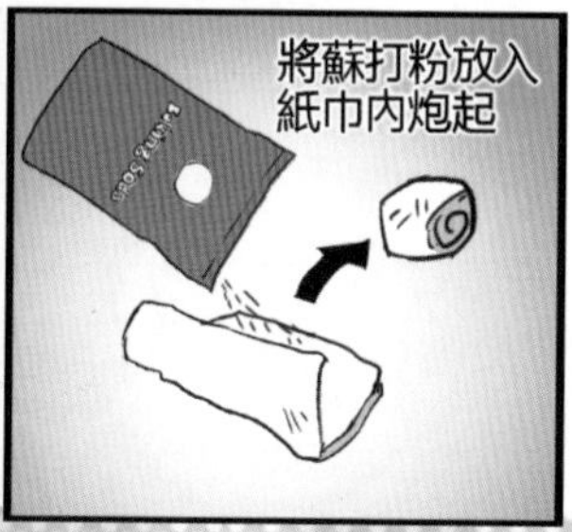
將蘇打粉放入
紙巾內炮起

酸鹼火箭
制作完成!!
發射!!

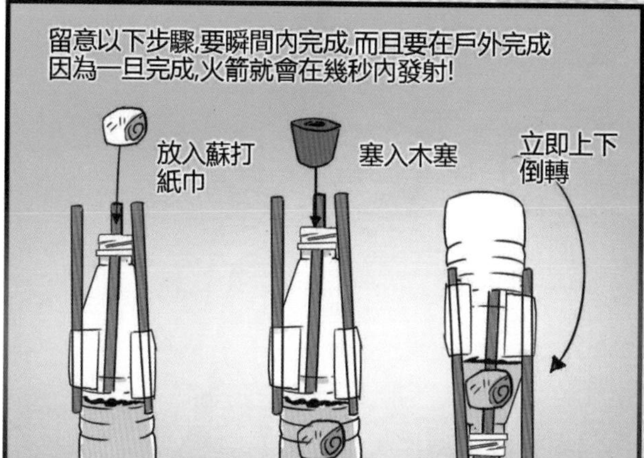
留意以下步驟,要瞬間內完成,而且要在戶外完成
因為一旦完成,火箭就會在幾秒內發射!
放入蘇打
紙巾
塞入木塞
立即上下
倒轉

第三章　用上 VR 去冒險

負能量保險箱在眾人眼前被偷去了，究竟那個小外星人是誰？

仍然在天台觀察著的人馬星佐介說出他的想法：「看那小外星人裝扮，應該是**蛇夫座**的外星人。但是自從阿斯克消失後，他們的族人也同時消失在黃道星宿中。我竟然可以在這麼多年後在地星再次遇上他們！」

阿瞬站在旁**驚訝**訝地問：「那個戴眼罩的就是蛇夫星人？」

佐介接著笑：「對啊！蛇夫星人不喜歡陽光，所以都戴上眼罩。他們衣服都是泥土一樣的顏色，而且喜歡在地底生活。」

柏文看著保險箱被盜的整個過程，便想到地面看個究竟。他指向地面，示意大家一起到草叢看個究竟，天台眾人二話不說就往地面去。X博士也帶著他的手提電腦趕下來，他很想知道保險箱和大蛇的去向。他們向草叢走去，不到幾分鐘已經站在洞口，探頭往內一看，X博士已經看出這不是一個普通地洞。

X博士：「這個地洞……竟然可以去到那麼遠。這條長而深的地洞，不是短時間做出來的！追蹤器仍在走動，不，現在好像停了下來了！位置是……」

深水埗主教山！

柏文記得前一段時間，從報章閱讀過有關消息 ，想不到眼前這個地洞會是連接去這個在地底的戰前蓄水池，水池長年在地底，很合適來作基地的用途吧。

X博士明白大家想走進山洞，但他想起了一個重點，說道：「現在主教山受到大眾關注，附近應該有很多警察人員在把守，我們很難進入的。 」

柏文也想起主教山在經過媒體報導後，現場都有警察長期駐守。柏文想不出任何點

子，向著X博士問道：「那我們可以怎樣辦？我們不可以跟政府說有外星人的，我們答應了阿瞬不可以對外公開他們的存在的，既然答應了就要**守信**！」**X博士**點了點頭，其他人也示意同一樣想法 。阿瞬感到十分欣慰，對地星人的好感又再增加了幾分。

新相識的佐介同樣感動，他向在場各人提議並說道：「其實我一個人去就可以了，我根本不用地星人來幫忙！負能量之星畢竟是星界的事情，讓我來處理比較好，而且地星警察也不容易察覺到我的細小身軀。」**X博士**當然明白佐介的想法，對於負能量之石落入其他不明人士手中，也感覺擔心，但看到佐介的細小身形，反而想出了一個方法來。他再次邀請在場各人回到研究所，並準備向他們展示一件科技產品。

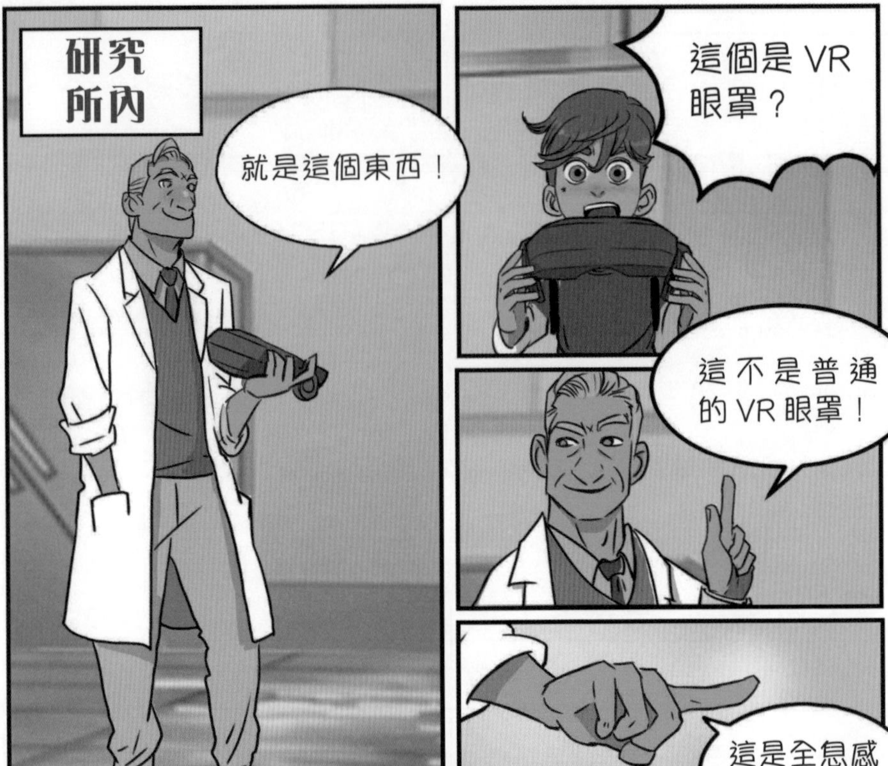
研究所內
就是這個東西！
這個是 VR 眼罩？
這不是普通的 VR 眼罩！
這是全息感的 VR 眼罩！
你看看阿瞬背後的那個箱子！

它就是全息
VR的核心！
打開！
箱內藏有一個
小型的柏文！

那個小盒子打開後，原來是一個小型的柏文人型在內！X博士隨後拿出一個眼罩，讓真正的柏文戴上，然後說：「這裡有一套全息感 VR 衣服和手套，請柏文穿上它吧！」現場眾人看著柏文人型，再去對比真正的柏文，感到好奇又驚訝。

柏文戴上了
VR 眼罩！
也穿上了
VR 背心。
穿上了 VR
手套。
這時候，柏文
人型張開了眼
睛。

柏文穿上了全息感 **VR** 套裝，他的視覺跟柏文人型連上了，柏文在眼鏡中看到的，變成人型的視覺，身邊的物件**變大**了，距離也變得更遠。柏文舉起右手，人形就隨即舉起右手；柏文蹲下，人形也蹲下。這個人型雖然是**機械人**，但更像柏文的小分身！

戴着眼罩的柏文轉個頭來，向眾人說：「嘩！這實在太**利害**了，我就像進了另一個世界。如果此套裝備運用在軍事上，或代替人類走入核輻射地區進行任務，將會是一項偉大的發明啊！」同一時間，柏文**機械人**也說出同樣說話來，而且聲音和語調就和真人一樣。

X博士看到大家雀躍的心情，自己也信心滿滿地說：「我還未正式發表這個 **VR** 套裝的，因為它仍在最後測試中。這次正好用你們來實地測驗。柏武，我也做了一個和你一模一樣的**細小機械人**，你們一同出發去找回負能量之石吧！」

一直站在旁邊的佐介突然嚴肅起來，他一臉認真地說：「你們用你們的方法去找負能量之石，我會用我自己的方法去找，再交還給星之宮殿。我仍要追捕其他人，你們不用等我。不過天武瞬，如果你有一天見到你哥哥，請必要聯絡我，因為他是一個被通緝的人，現在我們用通訊器保持聯繫，如果你想借我們的太空船回去也是可以的。」

「你忙你的，我們忙我們的。我仍然不相信哥哥變成了壞人，我們都是善良的雙子星人，我不相信他會這樣，我一定會找他出來，問他一個清楚明白的，你放心！」當阿瞬說完了那句話後，佐介雙手合十，然後說：「**藍色閃光**!!」佐介很快就走了。

柏文說：「阿瞬，我跟你一起去找你的哥哥，一定會查個出**水落石出**的。」

第四章　地洞冒險

人馬星佐介自行離開了研究所，現場除了柏文和柏武的 **VR 小型機械人**，其他人繼續討論取回負能量石的方法。

X 博士望著眼前屏幕，上面代表追蹤器的紅色點說：「根據顯示，保險箱仍在主教山一帶，未有被打開。今次 **VR** 試驗除了要拿回保險箱，也是 **VR 機械人**的最後測試。雖然是測試，但對柏文和柏武你們兩人是沒有風險的，因為你們兩人的身體一直在研究所內，所以不用害怕。」柏文和柏武互望了一下，舉起自己的拇指，表示對 **X 博士**及 **VR 機械人**的信心。柏武最後補上一句：「最差情況就是放棄那個 **VR 機械人**吧！」

站在一旁的阿瞬，見識到 **VR 機械人**的功用，也提議說：「X 博士，我可以一起去嗎？我覺得會順道找到跟我哥哥有關的消息。因為偷負能量石的人，應該是蛇夫星人，他跟宇宙海盜可能有關係。」X 博士明白阿瞬對於任何消息，都不想放棄，所以贊成了他的建議。X 博士為了讓他們能夠儘快到達主教山，便安排特大無人機，護送兩個機械人和阿瞬，來避開守著主教山的警務人員。

特大無人機很快便來到主教山，並在半空打開了底部的箱子，阿瞬和兩個 **VR 機械人**隨即從高空跳下來，就像電影中的特工一樣！

三人打開降落傘，順利地著陸到主教山附近一個平坦的土地上，他們稍一定神便聽到不遠處傳來「鴉鴉」聲，遠在研究所的柏文和柏武，也從他們的 VR 裝置上聽到，感覺就像在現場一樣。

原來他們被烏鴉發現了！

烏鴉正朝著他們的方向飛來，他們立即向前方逃跑！烏鴉看上了阿瞬，一直盯著他來追。阿瞬心想：「之前被螳螂追，現在被烏鴉追，為什麼他們總是這樣子的？」就在此時，不遠處傳出了一聲：

大家循著叫聲看去，原來是一個背著一件鳥形大袋的蛇夫星人，烏鴉看到便立即轉移目標，不再追阿瞬，改為追蛇夫星人。

阿瞬稍稍放慢腳步，口呼一口氣。柏文看著蛇夫星人被追得有點**狼狽**，便向柏武說:「我們要不要幫那外星人呢？他被烏鴉追著，好像很危險！」柏武點點頭，柏文四處張望，在研究所的他，裝置上同樣顯示四周的環境，感覺就像在現場一樣。他記得之前網上有看過一些趕走烏鴉的方法，所以研究所的他便不停繼續四處張望，雙手在前面空氣搜索。在草叢的柏文和柏武其實也在做同樣動作，**X博士**的**VR機械人**十分成功啊！

柏文突然拍向柏武的肩膀，向他說：「原來是人類的垃圾，真的太不應該啊，大家都應該愛惜大自然呀！」原來眼前有一張光碟及人類遺留的垃圾。

要利用我手上這張光碟，
當成一面鏡子來作反光用途，
照向烏鴉的眼部，牠會暫時失去視覺。

再轉個光碟
來追蹤烏鴉，
趁此個
機會，
柏武就用廢棄的
紙杯來蓋住烏鴉
的頭。

柏武成功將烏鴉的視線干擾，三人互相交換了一個成功的表情，這個被烏鴉追著的蛇夫星人也鬆了口氣，蛇夫星人化險為夷，但卻未有向他們道謝。他向眾人揮揮手，示意一同跟著他走，然後便轉身向另外一個方向跑去。他們想起蛇夫星人可能就是偷負能量石寶箱的指使者，便跟著他走。草叢的垃圾堆積如山，不時要又跳又蹲才能避過，身

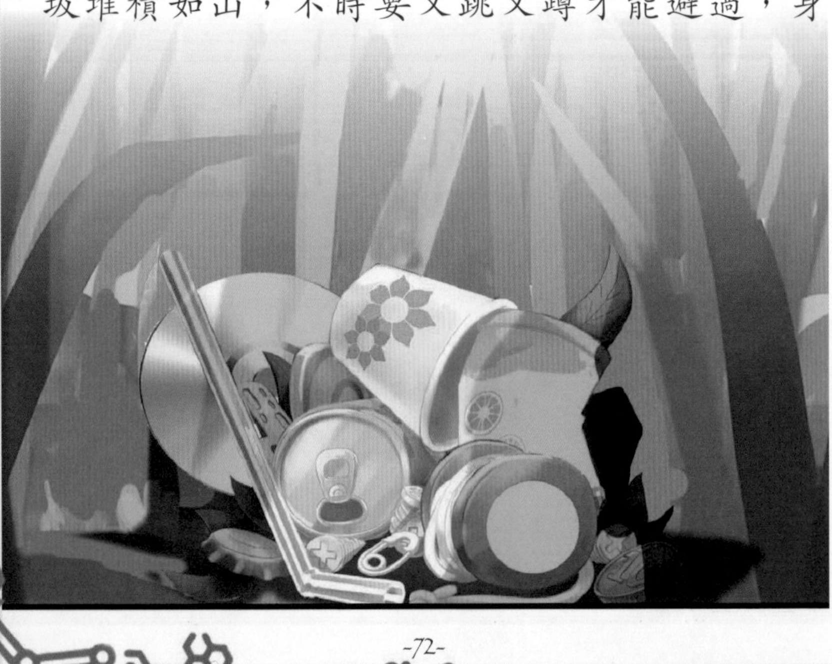

處研究所的柏文，心想事情過後一定要回來清潔這塊地方。

眾人突然嘩嘩大叫，原來垃圾堆下面，是一個地洞，柏文、柏武和阿瞬一不小心就掉進去了！

阿瞬嘗試扶緊地洞的牆壁，但不成功。在研究所的柏文和柏武，也感受到跌進地洞的離心力。他們看到地洞底部有些微光，不是漆黑一片的。他們著地後先站好，很快就適應了地洞的燈光，很明顯這個地洞是由蛇夫星人弄出來的。

大家發現洞內充滿垃圾，包括飯盒、紙包飲品、包裝紙、膠樽……然後大家留意到洞內有張破爛木椅，木椅上有份月曆，而月曆上的下一個月 20 日被紅筆圈上了，旁邊寫上了外星文字。阿瞬一看便説：「原來下月 20 日是蛇夫長老的生日。蛇夫星人一定是在為蛇夫長老安排生日禮物，他們想偷負能量石應該就是這個原因了。」

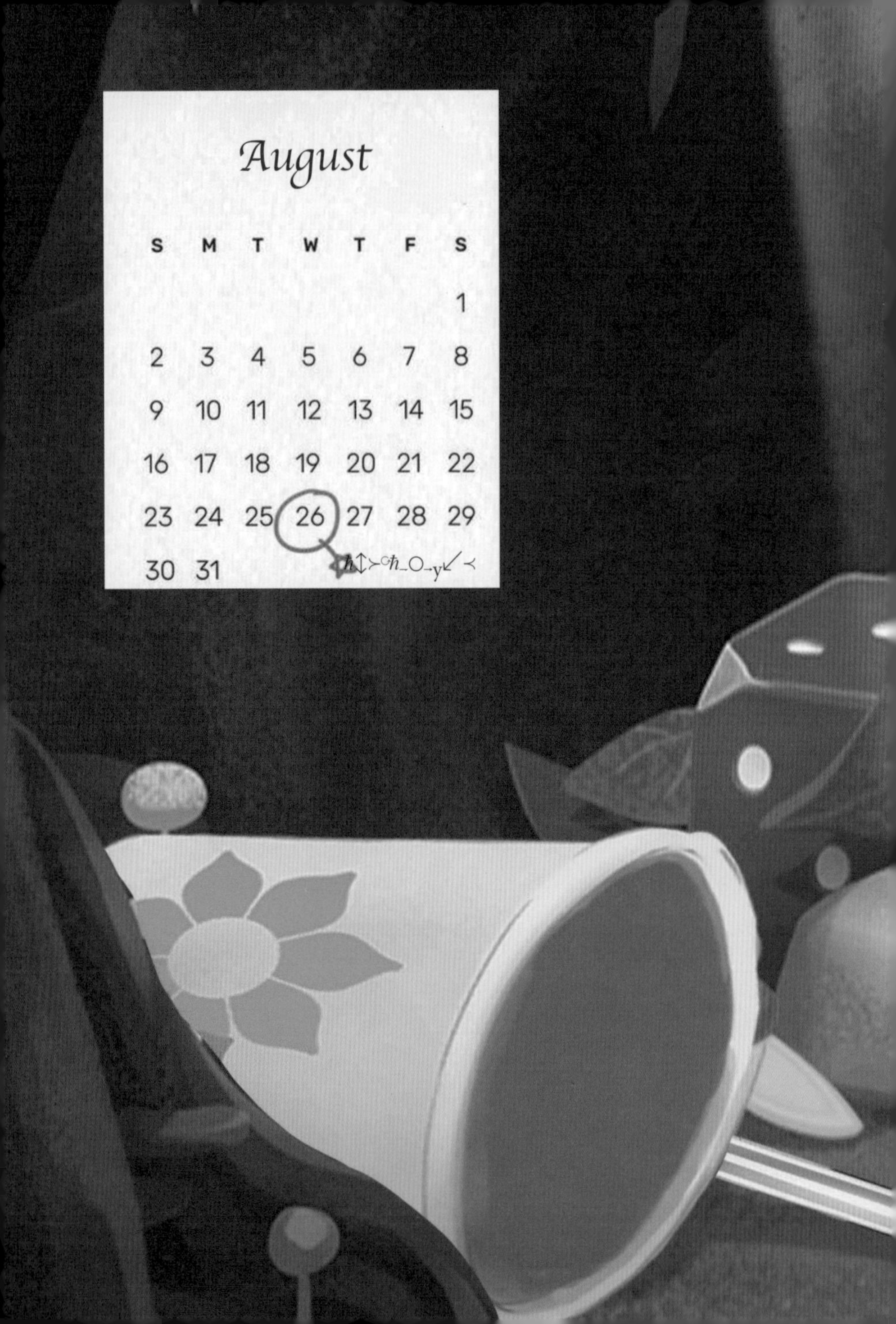
August
S M T W T F S
1
2 3 4 5 6 7 8
9 10 11 12 13 14 15
16 17 18 19 20 21 22
23 24 25 26 27 28 29
30 31

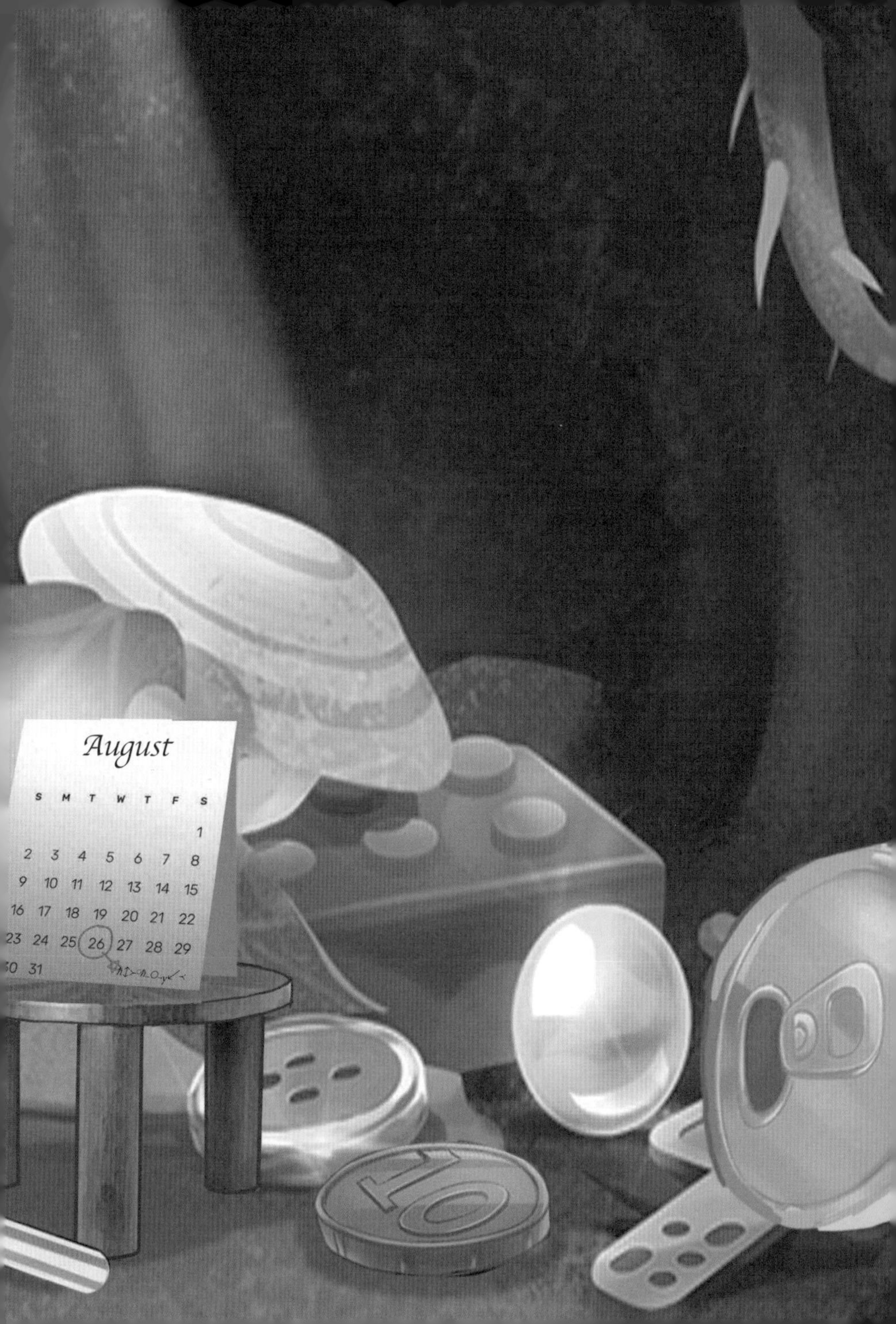
August
S M T W T F S
1
2 3 4 5 6 7 8
9 10 11 12 13 14 15
16 17 18 19 20 21 22
23 24 25 26 27 28 29
30 31

在研究所的柏文一直聽著，也覺得阿瞬的推論合理，但對於蛇夫星人不問自取，直接偷走負能量石感到不高興，柏文通過聯絡器向X博士說：「X博士，能否再安排無人機到洞口接我們呢？」X博士說：「可以的，無人機剛剛用自動導航模式回到研究所，但要先充電，大約30分鐘後才能再出發，救你們離開。你們先在洞內耐心等候吧。」

柏武和阿瞬同樣聽到X博士的指示，柏文看到地洞四處都是垃圾，記起老師經常提到環境清潔的重要性，所以想清潔這個亂七八糟的地洞。他上前翻開垃圾堆，找出了一條膠管，說：「我來弄一個不用電源的環保吸塵器，好嗎？」

環保吸塵器！
但我需要一條膠管！
這個電線管可以嗎？
這個可以啊！
柏武你先拿著一端膠管。

柏武你先拿著
膠管這邊。
那我開動
了！
真的可以
吸呢！
什麼！
哥哥你是怎
樣做到的？!

他們發現柏文在轉動管的另一邊。

這就是伯努利定律，轉動氣管令它變成負壓，所以不甩的一邊，氣體會吸過去。
小壓力
大壓力

第五章　逃離洞穴

柏文運用他對 STEM 的理解，不斷地轉動手上的管子，令洞內的沙石吸入管中，而另一端則將沙石帶到洞外面，不停翻滾的沙石，卻吸引了地面上的一隻黑貓注意，黑貓慢慢走到洞口，再向洞內發出了貓叫聲：「喵！喵！」

貓的叫聲在洞內不停地回響著，洞內各人都清晰聽到。大家互望着自己細小的身軀，腦海中浮現貓玩弄小動物的場面，心想現在自己可就是牠心目中的玩具吧。

柏文仍然用手揮動着管子，柏武和阿瞬仍在忙碌地把垃圾分類。柏武問：「如果黑貓攻入來，我們就麻煩了。這山洞有沒有其他出口的呢？」柏文心想黑貓可能對洞內的聲響產生好奇，如果牠真的有惡意，眾人要逃走也要先想清楚逃走路線。

「我們現在出去，牠一定會發現的！」柏武一直對小動物有興趣，知道黑貓對會移動的小物件，一定有好奇，他們現在以**細小機械人**的身體來展示，再加上身邊一位細小的外星人，如果給看到，牠肯定會用上牠的爪來捉弄他們，十分危險。

黑貓的眼睛已經往洞內看，視線也跟柏文

對上了，大家立即緊張起來，阿瞬把聲音壓下，向柏文說：「牠看到我們了！怎麼辦？」好奇的黑貓看到他們幾個，真的忍不住伸爪入洞內，四處狂抓！**山洞**就像開始經歷地震，一時間沙石四起，到處都是黃泥土，更有不少小石頭從洞口跌下，好危險呢！這樣發展下去的話，洞內各人可能會有危險啊！

在研究所內的柏武，當然知道現場眾人身處危險中，他想呀想呀，想起之前在網上看到的一種方法。他說：「我之前看過一個令貓咪手足無措的方法，就是『**貼紙陷阱**』。我們先把兩張有貼力的膠紙朝天放在地上，等貓咪的一雙前腳接觸到膠紙，就會變得手足無措。那時候，我們就可以逃走了！」柏武環顧洞內四周，其實都放滿垃圾，的確可能會找到膠紙。

阿瞬對貓隻又驚又畏，帶點顧慮地說：「這樣不太好吧，好像在玩弄貓大人一樣。」阿瞬來到地星不久，也不想引起太多麻煩，而且黑貓都是出於天生的好奇心，不是有惡意，所以情願另外找方法。柏文說：「我有另一個方法。我們來之前，就是怕會遇上類似意外，所以準備了這東西。」他隨隨在口袋裏拿出一個哨子出來說：「就是這個了，熟悉的面孔會再次出現在大家眼前！」

那個哨子聲，原來是用來叫喚小柴的。
B~~~
B~~~
B~~~
很快小柴就趕到山洞的位置，並跟黑貓互相對望著。
是小柴啊！
洞內的他們都，看到了小柴到來。

阿瞬見到小柴跑來，覺得很神奇，說道：「原來那個哨子是用來叫喚小狗的工具，想不到你們地星人，也有跟『奧德修斯』一樣，具備控制動物的能力。不過那小狗會傷害貓大人嗎？」

這時候，小柴跑向附近的垃圾堆，前腿翻呀翻呀，很努力地找。牠向前吠了兩聲，做出了一個開心的樣子，原來牠找到了一個冷球。

小柴原來也想到黑貓對冷球會有興趣，所以嘗試從垃圾堆中找。

小柴把冷球傳給黑貓，牠雀躍地把冷球拍來拍去，而且還越拍越遠；一轉眼，黑貓便跑離了洞口。他們逃過一劫了！

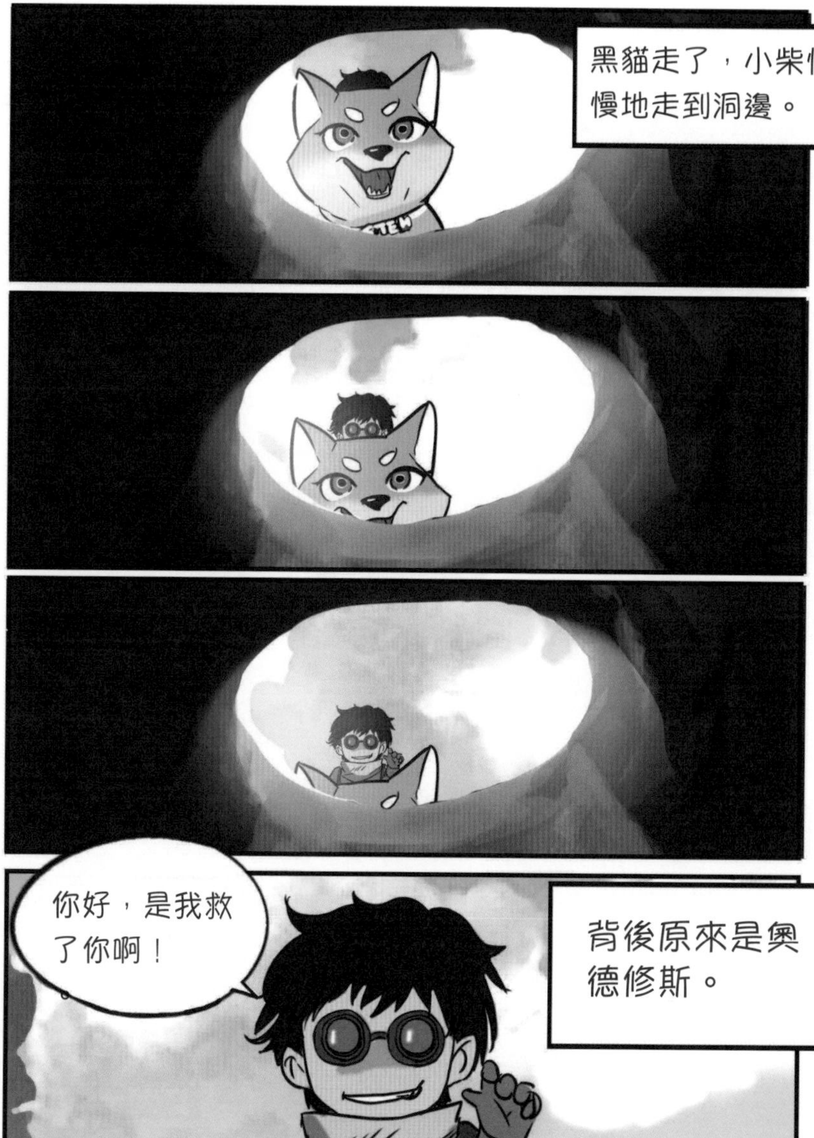
黑貓走了，小柴慢
慢地走到洞邊。
你好，是我救
了你啊！
背後原來是奧
德修斯。

奧德修斯洋洋得意，邊笑邊向洞內各人說：「你好，是我救了你們啊！」阿瞬說：「啊！原來是『動物博士 - 奧德修斯』！」柏文和柏武也一眼認出眼前的奧德修斯，就是在研究所外，躲入草叢，走進地洞，偷走負能量石的外星人。沒想過大家會在這情況相遇，但更意外的是……奧德修斯再次大聲向洞內說：「難道你們覺得小狗會自己找冷球，來引開貓大人嗎？當時我是用控制之術來控制牠啦！」

洞內眾人還記得是他騙大家跌入到洞中的，見到他出現，感覺不會是什麼幸運的事情。奧德修斯聚精會神地看著柏文和柏武，

然後，伸手托一托眼鏡，好像看透了什麼。

奧德修斯伸手從他背包中，拿出一支大型鎗支出來，對著洞口說：「你們就當我的禮物吧！」

那我就展示給你看吧！
奧德修斯一邊說話，竟然一邊向洞內開鎗。
焦！
因為……

閃光在半途中，再變形成條形。
閃光變成了條形，索緊了柏文柏武。
因為他們兩個更有價值！
什麼？
什麼？

柏文和柏武大聲叫喊：「為什麼要捉我們？」阿瞬被眼前情況嚇呆了，動也不動地站著。在洞口的奧德修斯，向著他們說：「因為你們只是機械人，我要將機械人用來當賀禮給長老大人，他一定會很高興的！」被捆綁住的柏文和柏武，大聲地向站在洞口的奧德修斯問道：「你怎會知道我們是機械人？」奧德修斯沒有回答，但此時卻有一個人影從他背後冒出來……原來是羅網！

想不到羅網又附在另一個外星人身上，而且還利用了奧德修斯的武器把他們捉住。阿瞬正想上前解圍，洞外卻傳出大大的摩打聲。

噠～

噠～

原來是X博士研究所

派來的無人機到了！

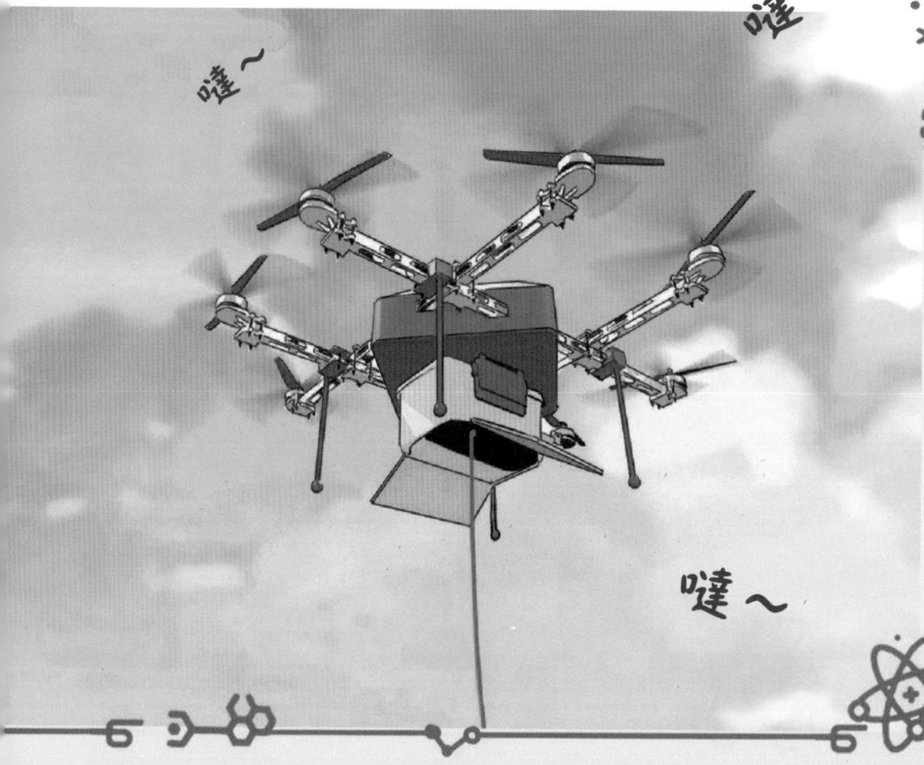

無人機的底部打開，裏面裝上了好像子彈的物件，附在奧德修斯身上的羅網見到，便馬上跳起，離開小柴，向另外一個方向逃走，他突然再跳進另外一個地洞中，這個草叢可真有不少地洞呢！

無人機慢慢轉向，然後「砰」的一聲響起！原來剛才的一聲是遠距離繩索，它已經牢牢地插在洞牆壁上。阿瞬馬上解開柏文柏武身上的光索，他們伸手握住繩索，便一同往洞外飛去。

「真沒想到羅網這麼狡猾，慶幸X博士的無人機及時來到，我們才有機會逃離這個泥洞。我們要找他出來，看看為什麼奧德修斯會和羅網在一起」柏文説。阿瞬和柏武拍拍身上的灰塵，**環顧四周**，看看有沒有羅網的足跡。

羅網到底往那裡去？

專欄介紹

希臘神話

大家對《西遊記》、《封神榜》或《山海經》等中國神話故事應該都有認識，其實神話故事在不少地方都有，例如今集提到的希臘，便是其中一個。這些神話由當時的希臘人角度講述宇宙和地球，涉及不同神話人物、英雄，及對當時生物的看法，因此希臘神話是古希臘宗教的重要組成部分之一。希臘神話有大量傳說故事，當中不少都通過藝術品來展現，下次到訪外國的博物館時，記得多留意啊！

本集出現的十二星座代表人物，他們的由來同樣是希臘神話故事內容，而大都因為某種原因而被希臘神話中的宇宙大神－宙斯命名。

蛇夫座的古希臘傳說

根據古希臘傳說，蛇夫座的原名為「阿斯克勒庇俄斯」，是古希臘神話中的醫神。他在古羅馬神話中被稱為「埃斯庫拉庇烏斯（拉丁語：Aesculapius），是太陽神阿波羅與仙女科洛尼斯的兒子。

阿斯克勒庇俄斯是人馬座喀戎的學生，喀戎將自己掌握的醫學知識毫無保留地傳授給他，因此激怒了冥王星哈得斯，哈得斯向宇宙之神－宙斯編了個假故事。阿斯克勒庇俄斯在一次拯救獵戶座時，被宙斯以天雷殺死。宙斯之後將其靈魂升上天空，化身成蛇夫座。

著名希臘神話故事

作者	作品
荷馬	《伊利亞德》、《奧德賽》
奧維德	《變形記》
赫西奧德	《神譜》

專欄介紹

醫學符號－蛇與權杖

不少權威醫學組織標誌都有蛇的蹤跡，「蛇」為何是醫學的代表呢？

世界衛生組織　醫療急救標誌　斯坦福醫院　衛生福利部　紐西蘭醫學委員會

（網上圖片）

這支著名的蛇杖被稱為「阿斯克勒庇俄斯之杖」。相傳蛇夫座的「阿斯克勒庇俄斯」經常捕捉不同蛇類來入藥，祂發現蛇有許多特性，例如蛻皮更新、敏銳感覺和神秘的自愈能力；蛇長年貼地爬行，熟知一切草木的藥性，而蛇洞更是許多草藥的生長之地。

阿斯克勒庇俄斯　石像

俄里翁 石像

（網上圖片）

Rod of Asclepius 單蛇杖

傳說中，阿斯克勒庇俄斯經常向蛇問有關不同草藥的資料，為了與蛇面對面討論，並表示雙方地位相等，阿斯克勒庇俄斯便請蛇纏繞在祂的手杖，所以便有了單蛇杖。在古代，特別醫療溫泉的醫院都把蛇當為聖物呢！

阿斯克勒庇俄斯及蛇杖　（網上圖片）

阿斯克勒庇俄斯之杖，又稱「蛇杖」，為希臘神話的醫療之神，在西方文化中象徵醫療的標誌。木棒代表著人體的脊椎骨，亦是中脈所在位置。蛇的形態代表著靈量沿著中脈上升，並作雙螺旋狀向上推進活動。巧合的是，這種雙螺旋形態，與人體遺傳基因的 DNA 分子結構形態極為相似。

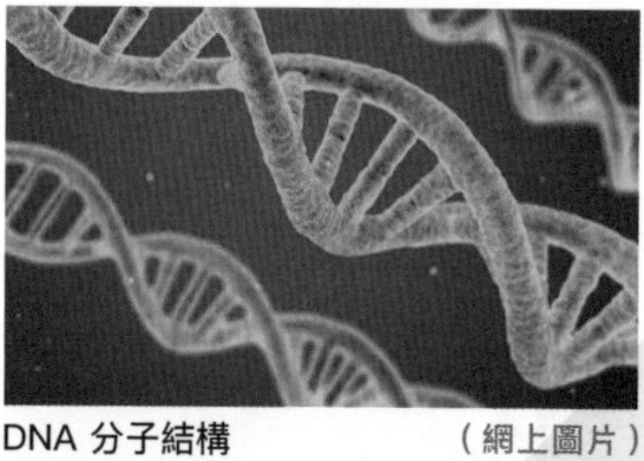

DNA 分子結構　（網上圖片）

深水埗主教山

今期蛇夫星人出場時，他用上控制動物的能力，指使大蛇偷去載有負能量石的寶箱。大蛇逃走的地洞，更可以連接到深水埗的主教山。深水埗主教山是一個真實存在的地方，你對這個地方有多少認識呢？

就讓我們多了解一下吧！

主教山在哪裏？

主教山有不同稱呼，分別是「窩仔山」或「教會山」，高 86.6 米，它位於深水埗區石硤尾窩仔山，離石硤尾港鐵站出口（不是深水埗港鐵站）大約 20 多分鐘路程。

（網絡圖片）

主教山為何成為了話題？

2020 年 12 月，水務署為整個主教山山頂進行工程項目，工程進行期間一座戰前建成的巨型地下蓄水池結構曝光，引來了市民留意。

其後公眾陸續發現它的歷史，水務署文件顯示蓄水池建於 1903 年，採用古羅馬式結構，而深度約 7 米的地下空間由過百條麻石柱支撐，頂部以紅磚砌成拱門，再支撐拱形水泥池頂，然後以泥土覆蓋。整個建築共有 100 條柱，當中 22 條藏在水缸內，其餘 78 條外露。不少看過照片的小朋友都說主教山的環境很有古羅馬特色呢！

專欄介紹

蓄水池的作用？

同學們自小學習到香港地少人多的結構，而未填海前的香港，平地比現在更加少。香港開埠初期人口不多，但隨着人口增加，食水開始不足夠給當時市民使用，一百年前的香港沒有很多水塘，所以當時殖民地政府便建造蓄水池，雨季時把雨水儲存起來供有需要時使用，這是一個未雨綢繆的方法啊！

深水埗蓄水池屬「九龍重力自流供水系統」(Kowloon Waterworks Gravitation Scheme)，已經有超過百年歷史，它將食水從源頭九龍水塘輸送到荔枝角濾水池。深水埗蓄水池落成日期為 1904 年 8 月 10 日，也是九龍半島現存第二古老的蓄水池，僅次於 1895 落成的京士柏油麻地配水庫。

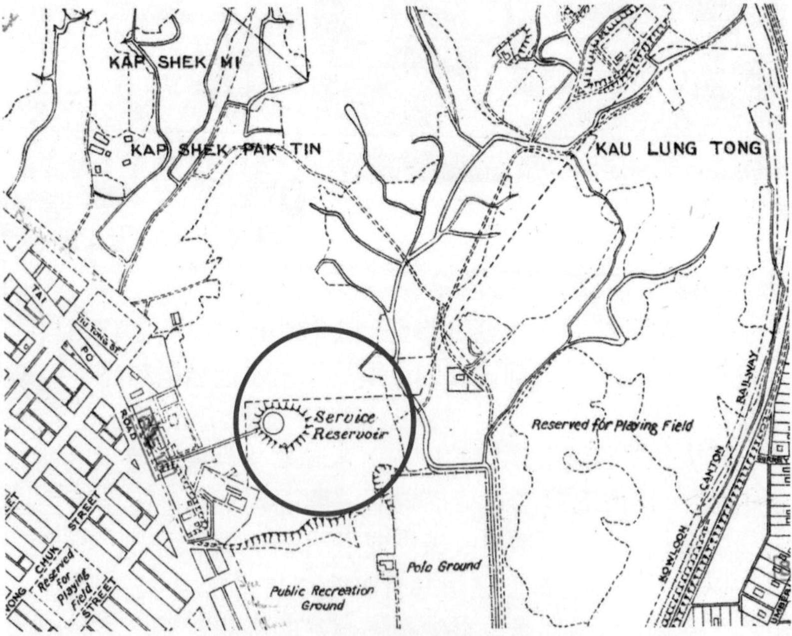

1947 年九龍地圖“ Service Reservoir” 所標示的為窩仔山上配水庫位置 (資料來源：http://www.hkmaps.hk/map_1947.html)

香港還有其他蓄水池嗎？

香港及九龍現存還有不到十個蓄水池，而且全部都以鋼筋混凝土建築而成，類似的羅馬式地下蓄水池實屬罕見。因為儲存的食水有需要時，都是給市民使用，為了方便運輸，蓄水池都建設在山丘上，通過輸水管送到指定地方。外國也有類似的古羅馬式蓄水池，例如土耳其伊斯坦堡著名的古蹟地下水宮殿。2021 年 3 月 15 日，古蹟辦決定將蓄水池列為一級歷史建築，為這一個超過一百年的建築給予更多保護，政府更決定在維修過後開放給市民參觀呢！。

思考題：為什麼把蓄水池建在山丘上，會方便運輸呢？

土耳其地下水宮殿（攝影師：賴鈺淇）

STEM Sir 話你知……

對於書中的幾個 STEM 實驗，你是否都有興趣嘗試呢？那就讓 STEM Sir 示範給大家看吧。

儘管 STEM Sir 有清晰的解說，每個實驗都需要有成年人陪同才好進行啊！

STEM 公平杯

蛇夫星人阿斯克為了成為 12 星座之一，向星之女神提出要求。女神最終給了祂及原本的十二個星座長老，每人一個「公平杯」作考驗。女神安排他們十三人到石像取酒，在公平取酒的情況下，其實十三人均可以取得同樣份量的酒，但因蛇夫星人動了貪念，想多取酒，最後成為第十十三個星座的願望便落空了。

公平杯是什麼原理，令到蛇夫星人的貪念未能實現呢？

STEM Sir 去片

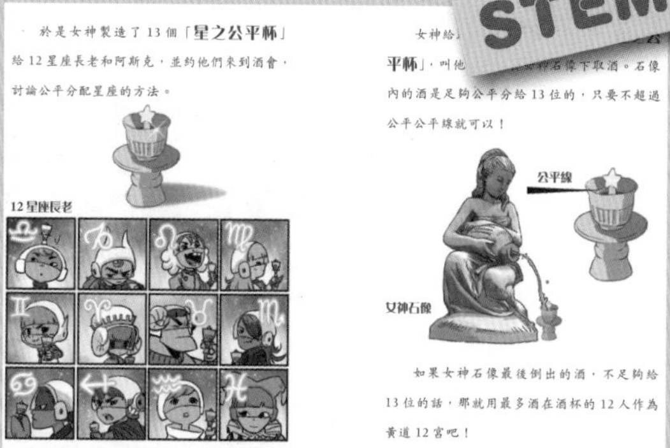

於是女神製造了 13 個「星之公平杯」給 12 星座長老和阿斯克，並約他們來到酒會，討論公平分配星座的方法。
12 星座長老
女神給
平杯」，叫他
石像下取酒。石像內的酒是足夠公平分給 13 位的，只要不超過公平公平線就可以！
公平線
女神石像
如果女神石像最後倒出的酒，不足夠給 13 位的話，那就用最多酒在酒杯的 12 人作為黃道 12 宮吧！

P.10–11

STEM 自製火箭

飛蛇偷走了載有負能量石的寶箱，走到頂層後更從天台一躍而下，來逃避 X 博士等人的追捕。幸好他早有準備，安排了研究員從地面發射「STEM 酸鹼火箭」，把飛蛇擊到。因為酸鹼火箭實驗帶有危險性，STEM Sir 準備了一個簡化版火箭的短片介紹。

大家齊來看看威力如何？

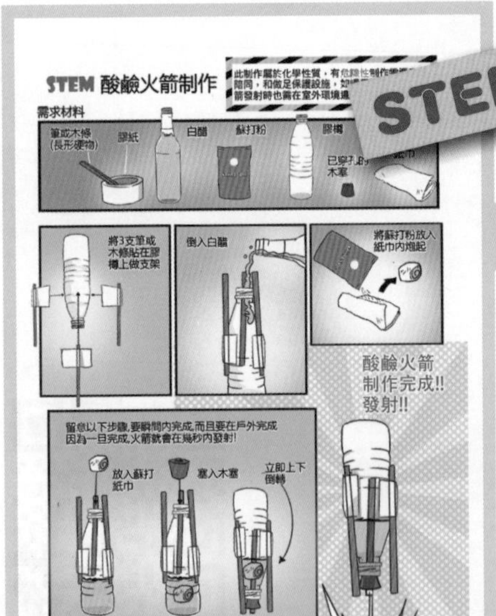

STEM Sir 去片

P.47

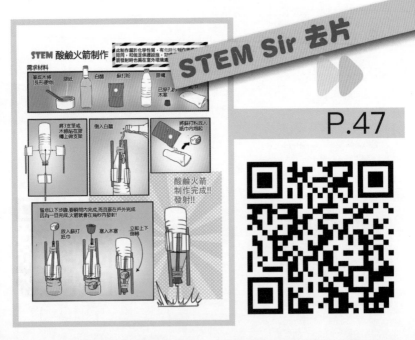

STEM 無人機

X 博士派出的無人機功能強大，能夠運送 VR 機械人及阿瞬到主教山，亦在最後成為救他們出地洞的重要裝備之一。無人機最早的發展在第一次世界大戰後，差不多已經有一百年歷史。無人機技術近年在民用及軍用兩方面都已經發展成熟，而且更加發展出不同用途，例如物流運輸、安防救援，地理測驗等等。

無人機和小朋友經常接觸到的四翼機，其實也有類似原理，你知道嗎？

STEM Sir 去片

站在一旁的阿瞬，見識到 VR 機械人的功用，也提議說：「X 博士，我可以一起去嗎？我覺得會順道找到跟我哥哥有關的消息。因為偷負能量石的人，應該是蛇夫星人，他跟宇宙海盜可能有關係。」X 博士明白阿瞬對於任何消息，都不想放棄，所以贊成了他的建議。X 博士為了讓他們能夠儘快到達主教山，便安排特大無人機，護送兩個機械人和阿瞬，來避開守著主教山的警務人員。

打開了底部的 …… VR 機械人隨即從高空跳下來，就像電影中的特工一樣！

P.64-65

第1期

用STEM去解難
一文一武＋外星人

柏文柏武兩兄弟在一個不平凡的週末，於公園遇上因為太空船機件故障而誤降到地球的小太空人－阿瞬。

阿瞬醒來一刻誤以為自己給地球人綁架，企圖返回太空船繼續自己的太空旅行，期間卻被柏文柏武發現了他的逃走計劃！

兩兄弟和阿瞬在誤打誤撞下，更發現街角小店一個大陰謀，他們逐運用對 STEM 的認識去拆解店主的詭計，一切看似盡在掌握，意外卻發生了，最後他們……

第 3 期

三維空間・四維空間
蟲洞・時間旅行機

他們解開了謎語，找出一個「沒有直路的港鐵站」，然後開始了另一個冒險之旅。

荃灣一幢新建辦公室大樓，竟然就是蟲洞所在？他們在過程中學懂了三維和四維空間的分別，又破解了一條數學密碼問題，期間更遇上另外幾個外太空星球人，為整個 過程添上更多變數。最後，其中一位成功打開蟲洞，展開了時間之旅，而他卻是……

STEM 4 新世紀

作者：波比人

封面美術：波比人
內文排版：輝
STEM內容顧問：鄧文瀚先生(STEM Sir)
編輯：梓牽

出版：童閱國度　/　今日出版有限公司
地址：香港 柴灣 康民街2號 康民工業中心1408室
Facebook 關鍵字：童閱國度

發行：泛華發行代理有限公司
地址：香港 新界 將軍澳工業村 駿昌街7號2樓
電話：(852) 2798 2220
網址：www.gccd.com.hk
出版日期：2021年7月

印刷：大一數碼印刷有限公司
電郵：sales@elite.com.hk
網址：http://www.elite.com.hk

圖書分類：兒童讀物 / 繪本
初版日期：2021年7月
I S B N：978-988-74364-9-2
定價：港幣 70 元 / 新台幣330元